笑った泣いた50年

私の人生、波乱万丈

彩 和
Saiwa

文芸社

もくじ

第一章　生い立ち

幼い頃の思い出

私は１９６９年12月末に、自営業の父、専業主婦の母の三女として生まれた。その後、妹が生まれ、四姉妹となる。

私は逆子とあって、当時、病院や産院になかなか受け入れてもらえず、父が母を車に乗せ、いくつも病院を探したと、母から話を聞いた。

無事に生まれ、すくすくと成長した私。幼い頃は、本当に手のかからない子だったようだ。

私の母は若い頃、歌手を夢見ていたが、あきらめたという。

鹿児島の田舎では母も、歌の上手な子と、ずっと言われてきたようだ。実際、すごく上手だった。

私が幼い頃、「ちびっこ歌合戦」というテレビ番組があった。4人の子供の中で誰か1人出場させたいと思った母は、私が4歳の頃から毎日歌のレッスンをするようになった。商店街ののど自慢大会などがあれば、必ずそこまで行き歌わせた。私が嫌がっても、泣いても、そのステージに上がるのが怖いと言っても聞いてもらえなかった。レッスンの成果を知りたかったのだろう。私は、初めは人前で歌うことが苦手というか、緊張で手汗がすごく、顔も赤面していたと思う。すると母は、

「お客さんはかぼちゃや、と思って歌えばいいよ。緊張もせんようなる」

と私に言った。

幼い私は、「ふ〜ん?」という感じだったと思うが、何度かステージで歌ううちに慣れていった。

母も欲が出てきて、「3番までになって!」と言い出した。入賞すると景品がもらえるからだと子供ながらに分かった。私はレッスンのおかげもあり、ますます上手になり、景品を持って帰るようになる。今でも覚えているのが、ボンレスハムを持って帰った時。め

ったに褒めたりしない両親だったが、「よう頑張った」「良かった」などと言ってくれた。

父は酒飲みで、バクチ好きだった。住之江競艇がある日は、私を自転車の後ろに乗せて競艇場に行き、勝った負けたなど理由をつけては飲み屋へ行った。そして、

「うちの子は歌が上手なんや」

と言っては、アカペラで歌わせた。酔っている大人たちは、

「お嬢ちゃん、上手やったで」

とチップをくれる。そのチップが父の飲み代に使われる日々が続いた。


気づけば小学校の入学が迫っていた。上の姉2人の入学の際、親は前もっていろいろそろえていたのに、私の時にはすっかり忘れていた。見かねた父の弟が、ランドセル、筆記用具などをそろえてくれた。

私は、その叔父のことが大好きだった。父と違って、酒を飲んでも暴れないし、優しいし、どうして私の父じゃなかったんだろうと思ったこともあったような気がする。

小学校入学後に、叔父さんがお見合いをし、結婚することになったのだが、私はほぼ毎週末、新婚の叔父の家に泊まりで遊びに行くようになる。

叔父宅の近くに父の職人仲間の家があった。その仲間のところへ両親が飲みに来ると、叔父夫婦も呼ばれ、一緒に飲んでいたようだ。その職人仲間の息子で、当時中学生の男子から、いたずらをされた。毎週末、叔父宅で寝ている私を起こし、誰にも言うなよと言っては、私のパジャマを脱がせた。そのお兄ちゃんの言うがままにされ、誰にも言えず、声を上げることさえできず、自分が何をされているのかさえ理解できず、2年という月日が流れた。

叔父は申し込んでいた団地が当たったとかで、堺の方へ引っ越した。ずっと怖くて、叔父夫婦の顔を見るまで眠れなくなっていた私も救われた。そんな怖い思いをしたことも忘れようと心に決め、私の小さな胸の中にしまい込んだ。

ほどなく、叔父夫婦は男の子2人を授かった。叔母が軽度の難聴者で、補聴器を使用しての子育てだった。

心配した私の母は、私に従弟の子守りをするように言った。ほぼ毎週末、そして夏休み、冬休み、春休みは、自分の家族よりも叔父宅にいることが多かった。叔父宅でない時は、子供のいない親の友人宅で過ごす。そんな小学生時代を送っていた。

何度も養子の話があったようだったが、いつも間際になってから母は、「やっぱり私が産んだんだから、他所《よそ》にはやれない」ときっぱりと断っていた。その様子は、ぼやけてはいるが、なんとなく記憶に残っている。

私は、親への反発もあってか、小学6年生の頃には、不良と言われている中学生の集団の中へ1人で入りこんだ。興味からタバコを吸うようになり、小さな胸にしまい込んでいた心の闇から逃げるため、「私は強くならないといけない」と心に誓った。

学校ではいじめられることもあったが、弱い自分がいけないんだと思うようになり、ますます強い態度を身に付けていった。

そして、中学校入学時に私は、不良のレッテルを貼られていた。

荒れた中学生時代

「あいつらとつるんでるんだったら、酒、タバコをやっているだろう」と考えた中学校の先生から、入学式終了後、理科室に来なさいと言われる。母と一緒に理科室へ行き、喫煙検査をし、反応がプラスと出た。それで、「タバコを吸ってるから、親からも注意してください」と指導が入った。その時、母は、

「タバコくらいで叱ってもなぁ～。他人様に迷惑かけてるわけでもないしねぇ～」

と先生に言い放った。逆に先生の方が、母の言葉を聞いてびっくりした様子だった。

中学生生活が始まると、私の出身小学校は比較的おとなしい生徒が多く、もう一校の小学校出身の生徒は活発な生徒が多く、２つのグループに分かれがちだった。そのため、私の出身小学校からの生徒はいじめられる子が増え、今でいう不登校になる子もいた。

私は、不良のレッテルを貼られて入学してきたのだから仕方がないと思ってはいたもの

の、普通にしていても何かと言われた。ある時は数学の先生に、

「お前は、不良だ！　勉強も嫌だろうから、俺の授業は聞かなくてもいいぞ。眠かったら寝てていいぞ。授業終わったら起こしてやるよ」

と言われた。

ムカッとしたが、私も（あの先生は無理だ！　生理的に無理！）と思っていたので、数学の授業はずっと寝ていた。

でも、国語の先生はどこか違った。

不良と言われている私に声を掛けてきてくれた。

「日々の振り返りを、心にあることのいろいろを日記にして、毎日1行でもいいから何か書いて、次の日に先生の机の上にノートを置いといてくれたら、先生も返事書くからね」

と言ってくれた。正直、面倒だとは思ったが、とりあえず書いてみようと思い、先生との交換日記が始まった。

しかし、先生との交換日記を続ける姿があるのと同時に、私は一匹狼で硬派な女子だった。ケンカ沙汰の日々が始まる。

周りのどの中学校よりも歴史の浅い分校だったため、よく「へたれ中学の生徒だ」とバカにされていた。それはそれで仕方のないことだと私は思っていた。私と同じ小学校出身の子は「仕方ないよな……」と思うドライな考えの子が大半だったが、もう一校の小学校出身の子たちは、悔しいと思ったのか、よく、他の中学校へ殴り込みに行った。そして、ボコボコにされて帰ってきた。

私は、入学して2カ月くらい経った時に、私の家に遊びに来ては、お金やいろいろな物を盗んだ子をボコボコにしたことはあったが、「へたれ中学」と言われていることに関しては無関心だった。

だが、ある日、おとなしめの同級生が、塾の帰りに、心ない言葉を小声で話した。それを聞いた他の中学の子たちから集団リンチを受け、1カ月のケガをしたという。そのことを聞いて、さすがの私も黙っていられず、その相手の中学校へ出向き、校門前で父から借りた木刀を振り回し、「番長を出せ」と怒鳴った。しかし、待てど待てど、同級生をボコボコにした相手は出てこない。

待ち切れず校内へ入り、大声で叫びながら校内の物を破壊していった。集団で1人をリンチすることが許せなかった。

ケンカは、やはり一対一でするものだと私は思っていたから許せない。番長とタイマン（一対一で決闘すること）でケンカをして勝って、ギャフンと言わせたいと思い、校内中探した。

「うちの同級生の子を集団リンチしたお礼参りに来た」

すると、集団の中の1人が私の前に出てきた。

「あの子が悪いから集団でやった。何が悪い」

「ケンカはタイマンでする。番長以外は下がって、番長が息絶えるまで黙って見ておけ！」

そして、私と番長とのケンカが始まった。

結局、番長は力尽きた。あお向けに倒れている番長の顔を私が何度も何度も平手で叩いていたら、番長は、

「もうやめてくれ……」

と言ったので、私も叩くのをやめた。他の子たちも怖くなったのか、気づいたら誰一人いなかった。皆、番長を見捨てて帰ったのだ。

私は番長に、

「うちの学校の子をまた、ひどい目に遭わせたら、今度は覚悟しろよ」

と言って、木刀を持って帰った。

次の日、学校の先生に呼び出された。「先方の中学から連絡があった。なんでそんなことをしたんだ！」と叱られたが、私は悪いとは思っていなかったので、

「友達がボコボコにされ、全治1カ月だったら、同じ思いをしてもらうべきだ！」

と生活指導の先生に言い放った。


もう一つの小学校出身の子たちは、集団でケンカを売って、結局やり返され、1人もやっつけることもできない子たちだった。

結局、私に助けを求めに来るようになり、その子たちの尻拭いをしに、一匹狼の私は日々敵討ちをする羽目になっていく。いつも私が悪者扱いされ、そのたびに親の呼び出しとなるが、母は、

「自転車も乗れないし、中学校まで遠いから、子供のケンカごときでは行きません」

と言う。結局母は、何度親呼び出しになっても、懇談以外は学校へ来ることはなかった。

私は、見た目はおとなしく、スリムで、足が長い女子だった。ただ、切れたら何をするか分からないという恐怖は、皆、持っていた様子だった。見た目とは裏腹の、ケンカ上等、負け知らずな私だった。そのうえ、ポーカーフェースだった。

そんな私だから、もう処女ではないと上級生の男子に思われていたようで、学校の帰り道に3、4人の見たことのない上級生の車に押し込まれた。その上級生の1人の家に連れ込まれて目かくしされ、口にはガムテープを貼られ、上級生たちに顔に平手打ちをされ、レイプされた。

するとと1人の上級生が、

「こいつ処女やった！」

びっくりして言葉が出たようだった。やっぱり不良のレッテルを貼られていたから、もう、そっちの方もやっていると思われていたんだろう……。情けないのと、悔しいのとで頭がいっぱいになった。

見た目だけで、そして、遊んでる友達が不良と世間で見られているというだけで、大人はどうして、私を不良と呼ぶのか？

一緒に並んでいる子が不良だから、私も不良の1人として見られるのか。ケンカして、タバコを吸ってるだけで、私を不良と呼ぶのか。理解ができなかった。

父は、「4人も子供がいたら、1人くらいはヤンチャな子がいても普通だろう」という考えだった。

「女でも男でも、ケンカくらいはする。ただし、人殺しと、薬にだけは手を出すなよ！この2つだけをしなければ、ケンカは、いくらやっても構わん。ただし、負けて家に帰ってくるな。負けたら、勝つまで帰ってくるな！」

父からは、そう言われ続けた。

母は、

「お父さんがそう言うなら、それでも構わないが、一応、女の子だから、顔にだけはケガしてほしくないし、させてはいけないんだよ」

とだけポツリとつぶやいていた。

私はただ、心身共に強くなりたかった。ただそれだけなのに……。

小学生の時に私をいじめた奴に仕返しができれば、私はそれで満足だった……。そうだったはずなのに、どうしてこんなになってしまったんだろう。どうしてこんなにケンカが強くなってしまったのだろうと悩んだ。

へたれ中学と呼ばれていたが、気づけば、その言葉すら、知らぬ間に言われなくなっていた。

それは、私が、近隣の中学校の番長とのタイマンに勝ち、そして相手とも友達になったからだと思う。


中3になって、不良を卒業しようと決め、おとなしくしていると、それを良く思わない奴らがいた。私がケンカしなくなったらこの先どうするんだ、とヤンチャグループの子たちに言われたが、「もう決めたから」と伝えると、次の日から、休憩時間、昼休み、帰る途中などで約3カ月間、集団リンチを受けることになった。

でも、私は、そんなことで負けてたまるか！　そう自分に言い聞かせ、休まずに学校に行き続けていた。

しかし我慢にも限界があり、校長室で約束したことを破る羽目になった。校内で、私が更生する姿を良く思わない子たちと、一〇対一でのケンカをしたのだ。職員室前でプリントを投げつけ、椅子も投げつけ、ガラスは数枚割れ、逃げ遅れた三人をボコボコにやっつけたところで、先生3人が私を押さえつけた。

「お前、よう辛抱したな……。気は済んだか？　もう、ええやろう」

と言われた。

「どうして、私が更正しようとすると邪魔するねん……。先生らが、私が更正したら皆も更正するって言ったから、更正すると決めたのに。なぜ、こんなことになるんや!!」

私は情けなかった。

それ以来、生徒指導の先生の迎えで学校へ行き、帰りも先生に送ってもらうようになった。

また、その集団リンチで私がケガをさせた生徒の親からも、何らかの話はあったようだった。だが、集団で1人を袋叩きにしていたなどの経緯を伝えたら、何も言わなくなったようだった。

夏休みに入り、皆、高校受験に向けて、徐々に入試勉強モードになっていく。その間に、私の子分っていうか、私の真似《まね》をしていた友人が2人、そろって覚醒剤にのめり込み、鑑別所へ入れられた。

私は、父との約束は破れなかったので、薬物の誘いは何度もあったが断り続けていて、鑑別所へは入らなくてすんだ。

2学期になっても相変わらず、先生が家まで毎朝迎えに来る。もう大丈夫ですからと言っても、帰りも先生が送ってくれていた。ヤンチャグループの一部が、まだ私に「以前のようになってほしい」「やり返してほしい」などと言ってくる。断ると、昼休みに体育館裏に呼び出され、殴られる日々が続く。

「私は、お前らを助けようとか思わない。お前らのために、もうケンカはしない！　どんだけ殴られても、私はもうケンカはしないと決めたんだ！」

そう言い放つと、そこからは一切、何もしてこなくなった。

当時、テレビでも「積木くずし―親と子の200日戦争―」「不良少女とよばれて」など、中高生が荒れるドラマが流行していた。私は、「不良少女とよばれて」の伊藤麻衣子（現いとうまい子）演じる主役の子にすごく共感するものがあった。彼女は私そのものだった。

私は本当は寂しがり屋で、泣き虫だ。でも、両親は姉2人と妹、そして、父の弟子の職人さんで、両親のいない男の子を息子のように可愛がっていて、私のことなんて知らん顔している、そんな気持ちになっていた。学校が休みの時はずっと他所の家にいて、家族と過ごしたこともなく、思い出も少ない。

アルバムも、私の赤ちゃんの時の写真は1枚しかない。他の姉妹はアルバム3冊ほど写真があったが、私のアルバムは1冊で、しかも、すきまだらけだった。そんなことも、私が不良という人たちの仲間入りをした一因だったと思う。寂しさを忘れるために、親に気に掛けてもらいたいがために、ケンカ三昧の日々を過ごしていたのかもしれない。

中学3年も終わる頃、進学するか働くかという選択に迫られる。母は担任に、「この子も高校へ行かせてやりたいんだけど……。この子を高校に行かすお金がないと夫が……」と切り出した。

私は、中学に入ってからケンカばかりしていたし、タバコも吸ってたし……。仕方ないかとあきらめていた。

担任は、

「内申は中の下だが、成績はごく普通なので……。どうしても進学は無理ですか？」

と母に詰め寄っていた。すると母は涙を浮かべながら、

「お父さんの会社が大変で、上の娘2人、私立に行かせたので、この子には本当に悪いが、進学はあきらめてもらうしかないのです……」

と担任に言った。

私は、その母の姿を見て、「おかん、私は別にいいで！　私、働いて、家に毎月3万入れるようにするから」と口にした。母は申し訳なさそうな顔をして、私を見つめていた。

そして、中学3年間の過程を終え、無事に卒業式を迎えることになるが、私の両親は出

席しなかった。

国語の先生との交換日記も終わる。卒業式が終了して、すぐに先生の机に走っていったら、片付けられている机の真ん中に交換日記のノートが置かれていた。

すぐ手に取り、トイレへ行き、先生の返事を読んだ。

「あれから3年、あっという間でしたね。あなたは不良だって他の先生は言うけれど、私は、本当のあなたを知っている……」で始まる長文だった。

1日も欠かさず、毎日、私の日記を楽しみにしていたとも綴られていた。

ケンカに明け暮れた中学生活。けれど、この日記が私を変えた。

先生の文字には不思議な力、説得力みたいなものがあって、あたたかい気持ちになれている自分がいた。

幼少期から親にも誰にも言えない心の傷を抱え、不良とレッテルを貼られ、男の性のはけ口のようなことをされ、こんなに汚れてしまった私の体。もう、普通の恋愛なんてできないのではないかという恐怖感を抱き、中学校の正門をあとにして家路につく私がいた。

アルバイト先で

卒業の翌日には、バイトの面接へ行った。採用となり、三日後からバイトに入ることになった。

両親には、

「お前には何もしてやれなくて申し訳ない。学歴がない分、人の何倍も努力し、汗をかいて仕事をしないと、実力で上がっていくしかないんだから、とりあえず、一生懸命やっていれば、見てくれる人は必ずいるから」

と言われた。

人生初バイトで、ファストフード店に入社。学生の制服ではなく、仕事のユニホームを着用した。鏡でその姿を見たら、ごく普通の女の子だった。

最年少とあって、バイトの先輩には本当に優しくしてもらった。六甲山のドライブに、若狭での海水浴にと、遊びにも連れていってもらった。毎日がすごく楽しかった。

初めての給料日。中学生時代の恩人、国語の先生にはブランドもののハンカチ、3年の時の担任には財布を購入し、手渡しすると、先生は2人とも泣いた。

「まだ卒業して1カ月ほどしか経ってないのに……。お前から、こんなことしてもらえるなんて夢みたいやわ……」

でも、今の自分があるのは、あの2人の先生が、どんな時も私の味方でいてくれたからだ。見捨てることなく、私をずっと見守ってくれていたから、私はサプライズをした。


そして、夏が終わろうとする頃、年齢をいつわって、バイトをボウリング場に変えた。時給が良かったからだった。当時、ファストフード店の時給は487円だった。たまたまボウリングをしに遊びに行った時、バイト募集の張り紙があり、「時給550円から」だったのだ。

姉の生年月日を使って面接へ行き、採用。夕方からラストまでボウリング場のバイトに入り、昼間は近所の喫茶店で3時間、出前のバイトをすることになった。

ボウリング場に大学生のバイトの男子、吹田さんがいて、いろいろ教わった。当時はスコアが手書きで、自分で計算をしないといけないため、バイトは、ただで1日3ゲームできて、スコアのつけ方、計算の仕方などを教わった。

そして私は、ボウリング場の男性社員に急に襲われ、レイプされてしまう。大学生のバイトの吹田さんがいない時で、バイトを終え、着替えをしている時だった。

次の日はバイトを休もうと思ったが、吹田さんがいるから大丈夫かな？　と思いながら出勤した。

その男性社員は、朝から勤務に就いている女子社員と付き合っているとのことだった。だから正直、「彼女いてるから大丈夫だ」と私が油断していたのだと、自分に言い聞かせるようにしていた。

けれど、やはり耐え切れず、吹田さんに初めて相談した。すると、

「僕がバイトに来れない時は、お前も一緒に休んだらいいよ。僕がバイトの時は、お前も出勤して、帰りは車で送ってあげるから。あいつ、すぐ女に手を出すっていうウワサがあったからなぁ」

と言った。

吹田さんの言う通りにしていたある日、バイト先の駐車場で、帰ったはずの男性社員の車があって、私を待ち伏せしていると分かった。吹田さんが気づいて、大きな声で、

「待ち伏せされてるから、すぐ僕の車に乗れ！」

と叫んだ。

私もあわてて吹田さんの車に飛び乗った。家に送ってもらえると思っていたら違った。

「お前んち知られたら、今度は自宅近くで待ち伏せされるから、ちょっとカーチェイスするけど、我慢してな……」

と。

カーチェイスのおかげで、なんとか社員の車をまいた。

「僕はいいけど、お前、大丈夫なんか？」

と心配してくれた。

その翌日、吹田さんと2人で支配人のところへ行き、ありのままを話した。その社員はクビとなり、彼と付き合っていた女子社員も一緒に辞めてしまった。

その代わりに、私が昼からラストまでの勤務になった。

第二章　20歳になるまで

初恋

そんなこんなで日々忙しくアルバイトをしていた。いつも6、7人のグループでボウリングに来るお客さんがいて、その中の一番長身の男性が「今度、お茶一緒にどうですか？」「今度、お食事、一緒にどうですか？」と毎日のように私に声を掛けてくるようになった。田中さんという男性で、かわしていると、次第にボウリング場に「彩和さんいますか？」と、私宛の電話がかかってくるようになった。電話に出ると、「今から行くから、僕がいつも使っているボールを取っててほしい」という内容だった。

そして、私のバイトが終わるのを待ち伏せされた。見かけない車があるな〜っと思いながら従業員出入り口から出ようとした時、パッとヘッドライトをつけられた。まぶしくて

一瞬手をかざしていると、相手が車から降りてきて、

「ごめん、びっくりさせたね」

と私の肩に手を載せた。私はびっくりして、

「田中さんやったんですか……」

そう返すと、

「僕、毎日、君に会いたくて、ボウリングに来ているんだよ」

「いつも話し掛けられるけど、ずっと冗談だと思っていました」

「君を初めて見た時からずっと気になっててね。君は仕事中だし、話すってなかなかできないから。何度か、お茶や食事に誘っても返事くれないし、休みの日も分からないから。今日、2人きりで話がしたくて待ってたんだ」

と言う。

「あっ、そうやったんですね」

と返事すると、車の方へ案内され、助手席のドアを開け、「どうぞ」と誘う。私は助手席へ座った。

田中さんは運転席に戻ると、

「ここでは、なんなので、海に行きます」

と言う。

車で15分ほど走ったら、堺港だった。そこで、

「僕と付き合ってください」

と言われた。

でも、私はちゃんと彼氏と呼べる人ってのをつくったことがなく、困惑していた。

「僕じゃだめですか？」

「いや、そんなんではなくって、私、こういうの初めてで、どうしたらいいか分からないんです」

と答えた。

優しい眼差しで私の目を見て、急に私の手を握り、笑みを浮かべながら、

「ガード固そうだもんね」

と一言。

「僕は22歳、不動産屋勤務、熊本出身です」

と自己ＰＲが始まり、次は私の番と促された。

「私は15歳、見ての通りのフリーターです」

「えっ？　15歳、うそやろ？　見えへん。大人びて見える」

とびっくりされた。

「15歳には見えない。18歳以上だとずっと思ってた」

「じゃあ、あれだね。僕のこと、おっさんだと思ってるんじゃないの？」

「いや、そんなことはないです」

「君は15歳で、僕は22歳で、年の差とか僕はいいけど……。でも、君のことずっと気になってたしって言うか、好きだから返事ください。待ってます」

家の近くの信号のところまで送ってもらった。家に入ると父が起きてきて、

「今日も遅かったな」

と言って、また横になった。

明日から、どんな顔をして相手と接したらいいんだろう……と考えているうちに眠って

いた。


翌日、いつものようにバイトへ行くと、また電話が鳴った。

「彩和ちゃん、僕だけど、今から行くね！　ボール取っといて」だった。

いつものようにボールを取っておき、フロントで預かっていたら、30分ほどしてから来場した。

（少し困ったなぁ～どうしよう、返事してないし……）など、いろいろ考えていたら、もう目の前に、田中さんがいて、無言のままボールを手渡した。

「どうしたん？　返事はいつでもいいから、気にしないで！」

と言う。

大学生のバイト男子、吹田さんが、その様子を見て、聞いてきた。

「何かあったん？」

「付き合ってって言われた」

「バイト終わってから、話しよう」

バイトが終わり、吹田さんの車に乗った。

「彩和ちゃんさ、レイプされたこととかで、いろいろとあったけど、忘れられないことなんやけど、やっぱり前向いていかなあかんと思うんや。田中さんのこと、一人の男性として付き合ってもいいかどうかだ。彩和が、もし、あの人のことが気になっていて、付き合ってもいいかって思うんだったら、それもありやと思う」

と吹田さんは言う。

しばらく考えた末に、私は田中さんと交際することにした。田中さんは変わりなく、毎日来場しては、私の仕事している様子などを見ていた。休みは、田中さんの休日と合わせ、ドライブに行ったり、食事に行ったりしていた。

そうこうしている間に、気づいたら、私は田中さんに恋をしていた。「初恋」だった。

そして生まれて初めて、好きな人と口づけし、抱かれていた。抱かれている間、ずっと涙があふれていた。

「どうかしたの？　嫌だったの？」

と彼はそう言いながら、私の涙を拭ってくれた。

「ううん。大丈夫。ただうれしかったの……」

と答えると、そっかそっかと言って、私の髪をなでた。

16歳の誕生日、普段通りバイトへ行き、いつものように田中さんもお客さんとして来場した。彼が手招きするので駆け寄っていくと、花束を渡された。「16歳おめでとう」と、いつもの優しい眼差しで私を見つめながら。少し照れた様子だった。

「ありがとう。ごめんね、バイト休めなくて……」

「気にしなくていいよ」

私は花束を抱き、業務へ戻る。

バイト終わって帰ろうとした時、吹田さんに、

「彼、待ってんの？」

と聞かれた。

「今日は飲み会に行くって言ってたから来ないよ」

と返事をすると、

「だから、バイト先に花束持ってきたんやな？」

と言って、いつものように送るよって笑顔。

吹田さんの車の助手席に座ると、

「誕生日おめでとう。俺、ずっと前から、お前のこと好きやってん。今頃言っても遅いけど、もし、今の彼と別れたら、俺と付き合ってくれへんか？」

と、いつになく真剣な顔。

ずっと近くにいたのに、気づかなかった。ずっと私を守ってくれてたのは、私のことを思ってのことだったんだ。でも、私は、ずっとお兄ちゃんみたいにしか思ってなかったから、そんなことも分からず、申し訳ない気持ちでいっぱいだった。

そして月日が流れ、吹田さんは卒業を機にバイトを辞め、就職すると言って去っていった。

熊本へ

その1カ月後、田中さんが急に熊本の郷里へ帰ることになった。長男だから、郷里に帰ってくるようにと両親に請われたのだ。

その頃、私はボウリング場を辞め、飲食店のバイトに替わっていた。中学の時の男友達に誘われたのだ。初めは夕方からだったが、人手が足りないとのことで、昼のランチの時と夕食時にバイトに入った。

熊本に帰った彼とは遠距離恋愛である。手紙を送ったり、たまに声が聞きたいと思うと、公衆電話でよく話をしていた。

そんなある日、彼から、

「僕が生まれ育った田舎に遊びに来ないか？」

と誘われ、私も彼に会いたかったので、店長にお願いして休みをもらった。飛行機のチケットの買い方も知らない私は、店長にお願いし、三泊四日で彼の郷里へ行った。

熊本空港に着いたあと、何度かバスを乗り換えた。そのたびに彼に電話で、次はどのバスに乗ればいいのかを聞きながらの一人旅だった。

終点のバス停で降りたら、バス停の周囲は田畑が見渡す限り続いている寂しい所だった。ベンチにしばらく座っていると、彼が迎えに来てくれた。

「道のり長かったよ。初めての飛行機だったし、不安だった……」

と彼の胸に顔をうずめた。不安だったのと会えた喜びで、涙があふれていた。

そして彼も、

「会いたかったよ」

と言って、私をギューッと抱きしめてくれた。

彼の車に乗り、30分ほどで彼が生まれ育った家に到着した。ご両親、妹さんが迎えてくれ、挨拶をし、家に上がらせてもらった。夕食もごちそうだった。

夕食時にお父さんから、

「大阪から、わざわざ来ていただいて……。疲れてない？」

と心配された。彼は、私の年齢を両親に言ってなかったようで、16歳ですと答えると、お父さんの顔が少しこわばったように見えた。

あっという間に4日間が経ち、彼に熊本空港まで送ってもらっている間、帰りたくないなぁ～って思った。けれど、私はいろいろ考えていた。

(旅行ではいいけど、こんな不便な所で暮らせるかどうか。やっぱり無理だろうし、私は彼を両親にも会わせていないし……）と。

空港に着いて、彼が、

「田舎すぎてびっくりしたろう？」と言うので、

「うん。かなり田舎だったね」

と笑い合った。飛行機に乗る時間が近づく。彼が私の手をつかみ、ハグしようと言ったのでハグをして、口づけをして、搭乗口へ半ベソの状態で行った。

彼は多分、私が振り返ると思っていたのだと思うが、私は振り返ってしまったら大阪に帰れなくなってしまうのではないか、顔を見たらだめだと思っていたから……振り返らなかった。

帰阪し、次の日から日常に戻り、いつも通り飲食店でバイトをしていた。

いつも同じ席でランチを食べる常連さんがいた。スーツを着たサラリーマンだ。パートのおばさんたちが私をからかって、

「あの兄ちゃん、あんたの顔見に、毎日来てるんちゃうの？」

「そんなことないやろ？」

でも、毎日、その常連さんが来るとパートのおばさんが、

「あんたがオーダー聞いといで！」

と言う。行くと、相手は決まって、

「日替わりランチください」

と答える。

「かしこまりました」

その繰り返し。

ある日、レジで会計の時に常連さんの名刺を渡された。家の電話番号も記載されている名刺を千円札の上に置いたのだ。常連さんの顔を見ると、

「ずっと気になっていたので、よかったら電話ください」

とのことだった。

私は、あわてて名刺をレジに入れ、おつりを手渡した。

気づけば、熊本の彼とは手紙も電話も途絶えていた。自然消滅していたのだ。

常連の伸さんは、歌手の藤井フミヤに似ていて、私は中学時代からフミヤのファンだった。

それで思い切って、電話をしたのだ。

「ありがとう、うれしいわ！　電話くれるなんて、正直思ってなかったから……」

そして、毎日変わらず、日替わりランチを食べに来て、仕事終わってから、少しデートをするようになり、なんとなく好きになった。けれど、先方の両親に、中卒の子とは結婚はさせられないと一方的に言われた。私は結婚なんて考えていなかったけれど、相手は結婚願望があったようだ。

（家の都合で進学を断念し、フリーターになり、一生懸命に仕事しているのに、中卒の何が悪いんだ！）と思い、伸さんとはすぐに別れた。もちろん男女の関係もなく、ただ、手を握られたくらいだったので、傷が浅いうちに別れてよかったと思った。

靴屋の店長

飲食店では日祭日が休めないため、出会いがあっても、なかなかデートできなかったりしたので、社長に相談してみた。社長が経営している靴屋だったら日祭日に休めるから、そっちで働いてみないかと言ってくれ、秋頃から靴屋へ行くことになった。初めて販売のバイトに就くことになる。

しかし、初恋の田中さんのことが心に残っていて、他の人に恋はしたものの、私の中で何かが違うと感じながらの日々だった。

靴の卸業者の中山さんが私のことを気になっているということで、店長から、

「あいつのこと、どう思う？」

と聞かれた。私は正直に、

「すみません、生理的に無理です」

と即答。すると、

「お前って、男、おったっけ？」

と言われ、

「遠距離で、しばらく連絡してない」

と話すと、

「そっか……」

と、その場は収まった。

だが、中山さんもなかなかしつこくて、店長もだいぶかばってくれていたのだが、どうにもならなかった。仕方なく、三人で夕食を食べに行って、スナックに飲みに行った。店長が真ん中に入ってくれていたのだが、中山さんが、

「こんなにも好きなのに、なんで……」

と泣きだした。

さすがの私も、悪いことしたかな？　と思ったけれど、タイプでもないし、下心をバリ

バリに感じていたので、「やっぱり無理」と店長にお願いした。店長が、

「遅くなったからタクシーで送るよ」

と言ってくれたので、お言葉に甘え、家まで送ってもらった。

父が仁王立ちしている姿がガラス越しに見えた。店長に、

「うちの父、酒乱で、今日遅くなるって連絡するの忘れたから、怒って私の帰りを待ちかまえてます！」

と話すと、

「それは大変や、俺にまかせろ！」

と言ってくれた。

私が玄関の鍵だけ開け、扉は店長が開けてくれ、店長の後ろに私がかがむように隠れていると、父が「あれ？」といった顔をして、店長を見ていた。店長が、

「おやっさん、いつもすみません。今日、接待があって、花がないのもあれなんで、娘さんに付き合ってもらってたら遅くなってしもうて……」

と言うと、父は、

「そうかー、兄ちゃんがそう言うんやったら、今日は仕方ないなぁ〜」

となった。その場をまるく収めてくれたのだ。

正直、靴屋さんへバイトに行きだして、店長のこと、顔は私好みだけど、なんか怖いって初めの頃は思っていた。

しかし、いろいろ相談したりしているうちに、すごく優しい人なんだってことが分かり、姉妹の中で育った私にとっては、兄さんみたいに何でも話せる人になっていた。

そんな時に1本の電話が鳴った。

母が電話越しに、「熊本の？　えっ？」と言ったので、初恋の人、田中さんからだと分かった。実は、相手の親からだった。

内容は、「夏に遊びに来てくれた時は、あんたと、うちの息子が結婚すると、身内の皆がそう思いよったんだけど、うちの息子、地元の子に手を出して妊娠させてしもうて。うちの息子のこと、なかったことにしてほしい」というものだった。

私は受話器を持ったまま涙があふれてきて、短く、

「分かりました。お幸せにと伝えてください」

と言って電話を切った。

呆然と立ちながら、涙がボロボロと畳の上に落ちた。私が人前で泣くことは本当になかったので、その姿を見て、父と母は心配してくれた。

「そっか、そっか、つらいよな。田舎まで行ったくらいやったから、すごく好きやったんやな……」

と母が私の涙を拭きながら、一緒に泣いていた。その様子を父も見ていて、父は私の肩を軽く叩きながら、

「お前は、捨てられたんやないぞ。見返してやれ！」

と父なりのエールを送ってくれた。その日は、父と母の布団の真ん中で、泣きながら眠りについていた。

次の日、はれぼったい目をして出勤すると、店長とパートさんが心配してくれた。休憩時間にパートさんに話をすると、

「大丈夫、まだ16歳だよ。うちの息子たちと年一緒やん。青春はこれから。いいこと、いっぱいあるよ。あんたは可愛いから、すぐいい人見つかるよ！　元気出して！」

と言ってくれた。

でも、かなりショックだったので、そんな様子を店長も見かねたのか、私を夕食に誘ってくれた。それから毎日、一緒に夕食を食べ、飲みに行って、スナックでカラオケで歌って家に帰るという日々となった。父も次第に、私の帰りが遅くなってもほとんど叱ることはなくなっていく。また、業者の中山さんも何度お断りをしても私のことをあきらめてくれない日々が続き、気がつけばもう、世間はクリスマスシーズンだった。

ある日、店長が「もうすぐ17歳やな」と言った。「なんで知ってるんですか？」と聞くと、「社長から聞いた」とのこと。

そして17歳の誕生日に出勤すると、パートさんがセーターをプレゼントしてくれて、ケーキも用意してくれていた。すると、社長も多忙のなか来てくれて、「おめでとう」と言ってマフラーをプレゼントしてくれた。その日の仕事が終わると、店長といつものように食事のあと、行きつけのスナックへ行った。

そこで、店長からのサプライズがあった。私の年齢分のバラの花束と、ネックレスのプレゼントだった。店長には妻子があるのに……と思いながらも、いつの間に用意したんやろ？　と思い、びっくりしたが、すごくうれしかった。

「妻子持ちやけど、お前が店に来てくれるようになってから、ずっと好きやった。なかなか言うタイミングなくってな」

と照れくさそうに私を見て言った。そして、「俺の女になってください！」と言われた。

店内のお客さんが「おめでとう！」なんて一緒に祝ってくれて、いい17歳のバースデーになり、そして私は店長の愛人となる。

年末年始の休み、日祭日以外は、ずっと朝の電車の時間、車両も合わせる。仕事中はずっと一緒の空間にいて、店を閉めてからも毎日食事へ行き、飲みに行った。ときどき、接待があったり、他店との交流会だったりすると、私は必ず店長の横に座らされた。

次第に社内の人たちにバレていくようになり、社長にもバレてしまい、店長が社長に呼

び出されたと聞いた時は、正直「やばい……」と思った。だが、社長は店長に、

「あいつは俺が見込んだ人間やから、あいつを泣かすようなことをしたらワシが許さんぞ！」

と一喝したようだった。

そして、気づけば私も店長のことをすごく好きになっていた。11歳年上で妻子持ちだったけれど、人としてすごく尊敬もできたし、私のことを一番に理解してくれる人だったので、気がねなく自分らしくいられた。また、年齢が離れているためか、すごく優しくしてくれ、全力で私を包んでくれる、そんな男性だった。

ある日、父が、

「妻子があっても、お前のことを大切にしてくれているからいいよ」

と言ってくれた。遅くなったら必ず家まで送り届け、そのたび父に謝罪する。その男気を父が良いと言ったのだと思う。

店長は人当たりのいい人だったので、私を送ったあと、父と母を起こして何度か飲みに行った。そんな時、私の家から店長宅までのタクシー代がもったいないし、「次の日も仕事なら、うちに泊まってったらいいよ」と親が言うようになり、オープンな付き合いにな

った。

私は、どんな相手であれ、交際していることを親に理解してもらいたいと思った。両親に内緒でお付き合いするのは、やっぱりいけないことだと思っていたのだ。


ただ、彼はすごく焼きもち焼きで、少しでも短めのスカートをはいたり、胸元が広めのシャツやブラウスなど着ていたら、すぐに「今日の服装はだめ！」と注意され、行きつけの洋服店へ連れていかれた。服を選び、店長に見せて、「ＯＫ」が出たら店長が支払う。

短めのスカートをはいていたら、「誰に見せるんや！」と叱られる。でも、男って勝手だな〜って思うことも、しばしばあった。私といるのに、「あの姉ちゃん、いい尻してるなぁ〜」とか、「あの子、可愛いな〜」とか平気で言う。それなのに、私が少しでも露出度の高い服を着ているると怒る。

ときどき面倒くさいな〜って思うけれど、私も好きになってしまったし、店長も私のことが好きでそんなふうに怒るんだから仕方ないなとあきらめ、店長の色に染まるように努力した。

眠る以外の時間は、本当に毎日一緒にいるけど、全く飽きることもなく、毎日、毎日、充実していた。

18歳の誕生日も、一緒に祝ってくれた。

「本当に、ずっとおるのに、ようお互いに飽きへんな〜」と、2人でそんな話をしては笑った。次第に店長の方から、

「日祭日でも俺は大丈夫やから、電話してきてくれていいよ。毎日、お前の顔が見たいんや」

と言われるようになった。

仕事が終わってから食事して、飲みに行って、店長が帰るのが嫌だと言えば週末はホテルでお泊まりして、昼にバイバイした。また、前の日に、「明日、何時に電話してきて」と言われ、それを合図に行動した。お互いにまだ原付しか免許がないから、電話を切ってから私は店長宅へ向かい、店長は私の家に向かって原付を走らせ、ほぼ中間の地点で合流し、昼食を食べに行ったり、ボウリングに行ったりしていた。

妊娠、中絶

気づいたら生理が来てなかった。友達に相談して、病院を教えてもらい受診をすると、妊娠3カ月と告げられた。

もちろん、産むことなんかできないのは頭では分かっていたが、店長との子供を産みたいとも思った。でも、一人で育てる自信もないし……。店長にそのまま話をした。

すると店長は、「すまん……」と言って、中絶費用の15万を私に渡してきた。親にバレたらいけないから、手術後は同僚の家で過ごすように言われ、バイトも行くふりをして、同僚の家で1週間、そんな生活をした。

その後、店長に連れられホテルへ行くと、店長は呆然と立っている私の前でひざまずいて、私のお腹をなで、私のお腹のところに顔をうずめて、

「お前を傷つけてしもた。本当にごめんな……。辛かったやろ？　痛かったやろ？」

と言って泣き崩れてしまった。

「私は、大丈夫やよ。確かに店長との子供は産みたかったけれど、一人で育てる自信ないし、また、奥さんと別れてなんて、私、そんなこと言えない。だから、もう泣かないで……」

「嫁と別れる！」

「奥さんと別れるってことは、子供さんとも別れるってことだよ。それはだめだよ。子供さんがかわいそうやん！」

「お前は、それでもいいのか？」

「この関係だからいいんじゃないのかな？」

そう言ったら、店長も少し落ち着いた様子だった。

あっという間に1年が経ち、19歳の誕生日も店長と一緒に祝うことになる。店長とはもう、2年も付き合っていることになるんだなぁと思っていた。

奥さんがいるのに、ずっと変わらず、私のことを一番に想ってくれ、大切にしてくれている。お互い、車の免許もないので、旅行も、電車で何度も行った。本当に愛されているという実感が伝わってくる。これって、「セカンド・ラブ」って言うのかな?

でも、奥さんに申し訳ないから、たまには早めに家に帰ってもらうようにしようと私は決めていた。

お店の経営は順調で、新たに1店舗出店することになった。毎日毎日、各店を閉めてから社員、バイトの全員で値札貼り、靴のディスプレー、棚の整理などに大忙しで、帰宅も遅いうえに、次の日も、また、次の日もと残業続きだった。1カ月後、やっと新店舗がオープンした。

新店舗は、店長である彼、私、そして社員の男性2人の計4人に任されるようになった。そんな矢先、夏場で暑かったせいか、私は急に頭の中が真っ白になり、店で倒れてしまった。しばらく涼しいところで横になって意識を取り戻した。たまたま応援で来てくれていた部長が、心配してそばにいてくれた。

ふと、また生理が来ていないことに気づいた私は、市販の妊娠検査薬を購入した。陽性反応が出たので、それで倒れたみたいと店長に言うと、すぐに病院へ行くように言われ、当時の親友に話をしたら、親友は店まで来て、店長の顔を平手で殴った。

「前の中絶であの子を傷つけて、今度で二度目だよ。奥さんと別れる気がないのに、もうこれ以上、あの子を傷つけないで！」

と涙ながらに言ってくれた。

その親友は、一度の中絶のせいで、もう子供を授かることができない体になっていた。だから店長にそう言ったのだと思う。親友は中絶したときの相手と結婚し、相手の親が営む飲食店を手伝っていた。

中絶の日、親友も心配してくれて、病院に来てくれた。男子社員の彼女も心配してくれていたのと、店長に頼まれてきたようで前回と同じようにした。親にはバレないようにしていたつもりだったが、母は全てお見通しだったようだ。

母に一言だけ言われた。

「不倫はね、男性はずるいから、自分からは別れてくれとは言わないから、別れを切り出すのは女がしないといけないよ」

中絶してから1カ月後の検診の時、先生に、

「まだ19歳の女の子にはきつい話だけど、もう妊娠はできないかもしれません」

と告げられた。
正直ショックだった。
結婚できないと思った。
そして、私は20歳になった。

第三章　不幸な結婚

母が倒れる

私は、相変わらずの日々を過ごしていた。いろいろあっても、仕事、店長との恋愛とも順調で、母と旅行へ行ったりしていた。

私の成人式の日は、おばあちゃんの法要があったのだが、母が、

「せっかく振り袖を着たんだから、行っておいで」

と言ってくれたので、成人式へ行った。着慣れないので、苦しいなぁ〜と思いながら、式のあと、法事をしているお寺さんへ振り袖を着たまま寄った。すると、親戚の人に叱られ、仕方なく家へ帰り、すぐに楽な服に着替えた。

でも、私の大好きな叔父夫婦は、似合っていたよと言ってくれた。

もともと、その振り袖は、父が長姉に買ってあげたものだったが、順におさがりとなったのだ。

「娘4人とも着ることができるから経済的だなぁ」と母は言った。

しばらくしてから、母が体の違和感をうったえ、近くの医院へ行った。すると、大きな病院で検査入院することになった。

母は、父と違って病院嫌いだったので、我慢を重ねていたのだ。本当にしんどかったんだろうなぁと思った。検査入院の結果は「様子観察」だった。父も、私たち子供も安心した。

すでに長姉が結婚し、孫が2人いたので、その面倒を見ていたから疲れたのかな？と思っていた。

母が検査入院中に、私は靴屋の店長と別れ、靴屋も辞めた。そして、家の近くの医院で受付と助手の仕事に就いた。車の免許も取得し、中古の車を購入した。

しかし、店長は、私の勤めている病院前に毎日毎日来て、「よりを戻そう」などと言ってくるようになった。でも、もう決めたことだし、ズルズルとこのままなのもいけないことだと思ったので、断り続けていた。

年末に突然、家族旅行へ行こうと母が言い出し、年が明けてから、職人さんの家族も一緒に小豆島へ2泊3日で行った。フェリーで行ったのだが、寝ている時の母のいびきがすごかった。そんないびきをかく人ではなかったので、正直びっくりした。だが、「やっぱり疲れてるのかな？」くらいの認識だった。

旅行から帰ってきて1週間ほどした時に、突然母が、「テレビで見ててんけど、人間死んだらみんな20歳になるんやて。私、今、死んだら、30年若返るんやて！」と、うれしそうに話していた。

3日後、父、私、職人さん数名が、いとこの引っ越しの手伝いに行った。その帰り、家で皆で食事をした。食事の後片付けはいつも母で、風呂も終わってからするのだが、なぜかその日、母は早々に片付けを済ませた。そして、長姉夫婦と一緒に孫を風呂に入れるため、銭湯で待ち合わせしていた。約束の時間に少し遅れたので、母と私は、少し駆け足になって向かった。

銭湯に着くと、

「なんか暗いなぁ～電球切れてるんちゃうかな？」

と母が言った。私が見る限り、いつもと同じ明るさだ。なんでそんなこと言うたんやろう？　と私が不思議に思っているうちに母は洗い場に入った。孫を湯船につける前に、寒いからと先に浅めの湯船につかった母。そして、私が、姉の子供を母に渡そうとした時に、母が湯船に沈みそうになった。

私は思わず母の手をつかみ、引き上げようとした。片方の手は、姉の子供をつかんでいたため、私は大声で助けを求めた。まだ脱衣場にいた姉は、下着姿でとんできた。真冬だったから、１人の常連さんが姉の子供を湯船につけてくださり、他の人と私とで母を湯船から出し、私の膝の上に横たえた。母は食べたものを全部嘔吐し、頭が痛いと何度も言っていた。

銭湯の店主さんが救急車を呼んでくれていたが、混んでいるのかなかなか来ない。姉はオロオロするばかりだった。私は、「長女なんやから、しっかりして！　服着て！」など

指示を出していた。嘔吐して苦しいのに母は、

「家でお父さんが待ってるから、帰る……」

と言っていた。

救急車が到着し、脳外科へ搬送される道中も、家に帰ると言ったり、痛い痛いと言ったりしていた。病院に着いて、ＣＴの検査のため、母がしていた指輪4個を看護師さんが私の手に載せた瞬間から母の声が聞こえなくなった。大きな血管が3本あって、倒れた時に1本が切れ、ＣＴ検査する前に2本目が切れたようで……このままだと植物状態ですと言われた。

父は酒を飲んで寝ていたため、職人さんがやっとの思いで病院に連れてきてくれた。母の変わり果てた姿を見て涙し、

「金なら、なんとかするから、どうか助けてやってください」

と先生の前でひざまずいた。

母の実家へ電話すると、長男さんが出てくれた。現状を話すと、長男さんが他の姉妹に連絡を取ってくれ、翌日一番の飛行機で大阪まで来てくれた。おばあちゃんも健在だった

が、高齢のため、来なかった。

「まだ50歳で心臓は強いから、大丈夫でしょう」

と先生は言っていたが、父、私たち子供、母の兄、姉、妹と皆がそろっている時に、母は静かに息を引き取った。

そして、家に帰ってきた母は、本当に綺麗な顔をしていた。

残された人間としては、寂しいが、母らしい最期だったと、今では思える。

当時は父が自営業をしていたので、葬儀にはたくさんの人が来た。また、母も面倒見がよく、誰とでも仲良くなれる人だったので、近所の人たちも大勢集まり、「あまりにも早い」と言って母を見送ってくださった。

でも、私は、長姉の言葉に激怒した。母の通夜の日に、喪主代行、葬儀の事など、

「私は嫁に出たから関係ないから、あんたがしてな！」

と言ったのだ。あきれて言葉にもならなかった。

通夜の日、どこから聞いたか分からないが、靴屋の店長が来てくれた。私は「ありがと

うございました」とだけ言った。

父は、母が入院中からもずっと酒浸りだ。喪主の挨拶をしないといけないのに、職人さん2人が父を支えても泥酔状態で、まともに話もできなかった。仕方がないので、葬儀社の方に簡単な挨拶だけしてもらった。

葬儀の翌日、母の兄、姉、妹さんは鹿児島へ帰られた。満中陰に父と私と妹で鹿児島へ行き、分骨してきた。母はお父さん子だったようで分骨となったのだ。

その頃、医院で一緒に働いていた准看護師さんから言われたことがある。彼女は、公立病院の面接試験を受けていたらしく、それに受からず、ずっと機嫌が悪かったのだが、私に、

「ごめんな。試験落ちたことで不快な思いさせて。こんなことくらいで落ち込んでる私って最低やな。あなたはお母さん亡くされて、私よりも辛いし悲しい思いをしながら仕事してるんやもんな。見習わないとな、私も……」

と言ってくれたのだ。

しかし父は、母を亡くしてから一層酒癖が悪くなり、何軒かのお店に私が謝りに行くことになった。

「ママがころされる」

小さな医院は午前と夕方からの診察で、退勤はそれなりの時間になったが、待ちかねた父が何度か駅まで迎えに来たことがあった。当時家にいる娘は私1人だった。母が父の会社の事務もしていたので、それも私が引き継ぐことになった。

仕方なく医院の仕事を辞めて、9時~17時までのルート配送の仕事に転職した。一緒に夕食を食べるようにしたら父が安心するかと思ったのだ。父も喜んでいた。

しかし、父の飲酒が病気を悪化させ、入院することになってしまう。せっかく転職したばかりだけど、私は仕事を辞めなくてはならなくなった。辞めてから、ルート配送の仕事を指導してくださった正社員の男性から電話が入った。

「お父さん、どう？　入院中？　1人やったら俺と食事行かへん？」

1人で食べるのもおいしくないので一緒に食事に行き、スナックへ行った。

「俺んち近くやから、俺も酔ってるから酔いざましに来てくれへん？」

と言われたので、夜中にお邪魔することになった。男性のお母さんは、びっくりした顔をしていた。

「夜分すみません」

「うちの息子、酔ってるんやなぁ。ごめんね。すぐ布団敷くから……」

と、やりとりしていると、突然、男性がお母さんに告げた。

「俺、この娘と結婚するから、もう見合いの話はせんとってって、おやじにも言っといて！」

私は、（この人、何言ってるんやろ？　付き合ってもないし、私、プロポーズもされてないし、タイプじゃないし……）と心の中で叫んでいた。

その日は男性もかなり酔っていたので、私は泊めてもらい、翌朝、私を家まで送ってから会社へ行ったようだった。

すると、また電話が入り、「ちゃんと話がしたい」と言う。また、家まで迎えに来てくれて食事しながら話を聞くと、私がルート配送のバイトで入った時に一目惚れしたとのこと。

「前、酔った勢いで母に言ったけど、俺の本心やから。結婚前提に付き合ってください」と言われた。

ハッキリと返事をしていないうちに、相手の両親があわてて、結納の日だの、いろいろ話が進んでしまった。そのさなか、私は急性虫垂炎になって入院し、手術を受けた。相手方は、一人息子のために必死すぎるほど一生懸命にしてくださる。私は靴屋さんの店長を忘れるために、父から逃れるために、彼と結婚した。

そして、すぐ妊娠した。若い頃に「子供は望めない」と先生に言われたが、妊娠できてうれしかったし、内心ホッとした。

しかし、夫は、私のあとに入ったバイトの子に手を出して、浮気をしていた。借金もかなりあり、私は知らぬ間に連帯保証人になっていた。私は稼ぐため、ヘルパー2級の資格を取得できる学校へ行って資格を取得した。そして、夫と彼女がいつも朝、モーニングを食べていると聞いていた店へ行き、彼女に告げた。

「子供が3歳になったら、この人、あなたにあげる！　私、好きで結婚したんじゃないからね！」

2人とも、びっくりした顔をしていた、

そして子供の3歳の誕生日の翌日に離婚し、団地を私名義に変更し、夫には出て行ってもらった。私は資格を生かして老人ホームで介護職に従事した。

ほどなくして10代の短い期間、喫茶店のバイトに行っていた時のお客さん、松本さんと再会した。その人から、私に好意を持っているという小山さんの話を聞かされる。「一度東京で結婚したが離婚し、会社を辞めて大阪に帰ってきているから会ってやってくれないか」ということだった。

お互いバツイチ同士だし、まぁいいかって軽い気持ちで会ったのはいいが、小山さんはすごく陰気な様子だったので元気づけてあげたいなぁと思った。

励ましていくうちに、

「ずっと、好きだった。結婚したけど、あなたのことを忘れたことはなかった」

と言われた。私は、小山さんの友達の松本さんとは、よく遊んだりしていたが、小山さんはあまり記憶にはなかったので、正直びっくりした。

また、お父さんとの関係が悪く、実家に戻れないということで、仕方なく、落ち着くまでうちで同居という形になった。

そして、若いこともあり、我慢できず、私を毎日のように抱くようになり、私も情に流され、入籍した。


私は変わらず老人ホームで勤務していたが、夫はなかなか仕事に就けずにいた。私は子供のために一生懸命勤めているだけなのに、私に対してのやっかみからか、ある日を境に殴る蹴るのＤＶ（家庭内暴力）が始まった。私が仕事から帰ると毎日だ。私にしか暴力を振るうことがなく、娘には一切手を出さなかったから、我慢しながら仕事をし、子育てもしてきた。

夫との間に子供を授かったが、日々のＤＶによって流産してしまった。

夜勤明けで帰ってきて、寝ようとしたら、また、殴ったり蹴ったりしてきた。さらに、台所のシンクに水をため、私の頭をつかみ、その中に沈めたり出したりを繰り返した。その様子を3歳の娘が見ていて、私の父のところへ、

「ママ、おっちゃんにころされる！　じいちゃん、ママを助けて！」

と言いに行ったようだった。

父があわてて私の家に来て、夫を思い切り素手で殴った。

「お前、誰の娘に手を出しとるんや！　仕事もせんと、うちの娘に食わせてもらっといて、このありさまは何や！」

夫はびっくりして、父に頭を下げ、「ごめんなさい」と何度も言うも、父の怒りは収まらない。

「お前の実家で話、しようか」

と言い、水びたしになっている私に、「それでええやろ？」と聞いた。

私はうなずき、相手の実家へ3人で向かった。

相手の両親の前で、父が私に下着姿になれ！　と言った、仕方なく服を脱ぎ、下着姿になった私の体は、あざだらけだった。父はお見通しだったようだった。

いつか殺されるのではないかと思っていたので、記入した離婚届を私は用意していた。

相手の両親も、父と私に「本当に申し訳ない……」と涙していた。

父が、私の用意していた離婚届をテーブルに置き、相手に先に記入させ、そして、両親にはその横の記入をしてもらい、協議離婚成立となった。

父が私と一緒に離婚届を提出しに行ってくれた。

「お前が仕事に行ってる間、娘を預かってる間に、娘がいろいろ言っていたから、心配しとったんや。けど、お前は言わんし、どうしようかと思とった。その矢先、今回の件があって、自分の目で確認したからよかったわ。よう我慢したな。1年間も……」

と父が言った。

私が「心配かけたくなかったから、言えなかった」と言うと、

「子供おるんやからな。お前1人ちゃうんやぞ！　つらい時はつらいと言え！」

と言われた。

「ありがとう、父ちゃん……」

「お前には、親らしいこと何もしたってない。高校すら行かしてやれんかったからな」

母が亡くなってから父は酒におぼれ、大変だった時期があった。私に八つ当たりをしていたこともあったので、父はずっと反省していたようだった。そして、父なりに私の力になろうと、娘の面倒を見てくれたり、幼稚園の送り迎えをしてくれたりしたんだなと、あらためて父に感謝した。

元夫たちの借金〜自己破産

1度目、2度目の離婚相手が、私を連帯保証人にして借金をしていたので、2度目の離婚をしてから、3カ月くらい経ったあたりから、元旦那2人の借金を背負う羽目になってしまった。老人ホームの仕事だけでは1千万弱の借金の返済は困難と思い、債務整理を弁護士に依頼した。そして、老人ホームの仕事が休みの日は、娘を連れて風俗店にバイトに行きだした。

毎月、弁護士さんにお金を持って行っていた。ある時、弁護士さんに言われた。

「本職以外に何か仕事してるんちゃうの？　やせてる気がするんやけど……」

　正直に話をすると、

「そっか……。まだ、子供が小さくてよかったなぁ」


　やはり仕事の両立は難しくなってきた。2年だけ風俗の仕事に集中し、子供が小学校入学までにお金を貯めて、やめようと心に決め、介護の仕事を辞めた。風俗店のオーナーは反社会的勢力の一員だったが、オーナーと、オーナーの愛人さんが娘を可愛がってくれ、私も仕事に専念することができるようになり、ほどなくして、店のフロントを任されるまでになっていた。

　すると、弁護士さんが自己破産をすすめてきた。

「ぜいたくでつくった借金でもないし、元旦那さん2人分の借金だし、頑張りすぎやよ。子供さんと、あなたのために自己破産して、心機一転やり直した方がいいよ」

　風俗嬢までして、本当にどん底だった。幸いにも、お金は貯まっていた。

　自己破産すれば、もうローンが組めなくなる。特に電化製品は高額なので、先を考えると、かなりの蓄えが必要だった。だが、小学生になる娘に必要な物を全てそろえることができ、服もたくさん買ってあげることができた。

ここまでどん底に落ちたのだから、あとは、はい上がっていくだけだ。娘のために頑張らないといけないと決心した。

第四章　さらに怒濤の日々

再再婚、厄年の災難

娘も小学生になるので風俗業界から抜け出そうとしている時に、送迎をしていた15歳年上の男性、広田さんがいて、何度か交際してほしいと言われたが、ずっと断っていた。私は風俗店を辞めようとしている時、オーナーにまだ続けてほしいなどと言われて困っていた。

15歳年上の広田さんに相談した。彼はオーナーに、

「僕が全力で、この子と子供を守りますから、辞めさせてやってください……」

と土下座した。するとオーナーが、

「彼は、真面目な奴やから大事にしてくれると思うわ。幸せになってな」

と言ってくれた。

しかし、広田さんは家もなく、ずっと車内で生活をしていた。彼は西宮だったが、私が大阪市内なので結局、私の家で同居することになる。年齢も40代前半だったため、資格はいろいろ持っているが、仕事がなかなか決まらずにいた。すると父が、「男の働き盛りやのに何をしとんや！」と怒った。

何十件と面接を受け、やっと仕事が見つかり、安心した。すると、そこの社長さんがすごくいい方で、歓迎会をしてくれるという。私も会に来るようにと言われたと彼が言った。

「え？　あんたの歓迎会やのに、なんで私が同伴しなあかんの？」

と聞くと、面接の時に、彼はこんなことを言ったという。

「今、同居している彼女と結婚したいけど、僕は無職なうえに彼女に食べさせてもらって情けない……。彼女のお父さんも自営業をされていて、お父さんにも叱られる」と。

私は夜勤などあるため、都合は私に全て合わせるとのことだったので、

「分かったわ〜。ほな、○月○日にしてもらおうかな〜」

と答えた。

その日になって、皆さんに挨拶をさせていただいた。社長さんと話をして、息子さんが私と同い年とのことで話が弾んだ。以来、飲み会のあるたび、私は接待をするようになった。また、彼が出張に行くと「嫁はんは元気か？」といつも聞かれていたようだった。

広田さんには、娘もなついていた。

そしてある日、娘が、

「私だけ、一人っ子は嫌だ！　弟か、妹か、どっちかほしい」

と言いだした。

一度は授かったが、私の仕事のハードさもあり、流産してしまった。その時、娘が私の腹をなでて、大泣きした。次があるなら、娘には安定期に入ってから話そうと決めた。

33歳の時、過労がたたり、骨折でもしたのかと思うほどの胸の痛みに襲われた。一週間経っても痛みが収まらなかったため、仕事の合間にかかりつけのクリニックへ行き、X線写真を撮ってもらった。私が予想していたとおりの病気、「左肺自然気胸」だった。すでに左肺は三分の一になっていて、いつ呼吸困難になってもおかしくないから、胸部エックス線写真と紹介状を持って、すぐ大きい病院へ行くように言われた。

「呼吸困難になったと思ったら、救急で病院に行くんやで」

と先生に言われた。

次の日、子供は夏休みだったが、父や妹が娘を世話してくれるとのことで、安心して病院に行った。受付時間まで待とう、我慢しようと思っていたのだが、冷や汗が止まらず、息苦しくなったため、救急の方へ行った。看護師さんが、

「大丈夫？　また過呼吸の発作なの？」

などと私に話しかけてくれていたが、X線写真と紹介状を持っているのに気づいてくれた。

私は意識がもうろうとしている間に車椅子に乗せられ、たまたま呼吸器科の先生がおられたので、そのまま入院となり、次の日に緊急手術を受けることになった。２週間入院し、退院して安心していたら、

「介護の仕事は力仕事だから、診断書を書くから、生活保護を受けなさい」

と言われた。役場へ行き、生活保護の申請をした。また、ケースワーカーさんも良い方

で、すごく心配してくださった。

そして半年後、ホームヘルパーの仕事を少しずつ始めた。家事支援からスタートし、身体介護の方もできるようになったので、生活保護を辞退しますとケースワーカーさんに告げた。すると、

「1年間はだめだって診断書に書いてあったから、あと半年、体を休めた方がいいよ」

と言ってくださった。だが、「もう大丈夫です」と答えた。

その半年の間に、肺の手術の抜糸に病院へ行った時、熱が38度5分あって扁桃腺が腫れていた。3カ月に1度、扁桃腺の熱で仕事を休んだりもしていた。車椅子で耳鼻科へ連れていかれ、扁桃腺の腫れがひいたら手術するからと言われ、手術した。抜糸が早かったのか、出血が止まらなくなり、また、救急外来へ行って傷口を縫ってもらい、2週間後、耳鼻科を受診。明日、入院の用意をしてきてくださいとのことで、また、父と妹に娘を2週間預けて再入院。そして、2週間で帰ってきた。よくよく考えたら、数え年で33歳だった。やっぱり厄年だなぁって思った。

小学一年からずっと、娘は鍵っ子だった。妹が娘を毎日のように呼んで、夕食を食べさせてくれ、風呂も入れてくれた。旦那が食費を3万しか入れてくれないと妹が言っていたので、妹の旦那には内緒で、毎月5万円と、冷凍食品やシャンプー、リンス、ボディーソープなどもまとめ買いして妹に渡していた。

妹のおかげで私はWワークができ、月30万くらいの給料があったので、私も助かったし、妹も助かっていたと思う。

しかし、今度は妹が病気になり、抗がん剤治療をすることになってしまった。旦那が家に3万しか入れてくれなかったため、生命保険会社に勤務していた妹は、毎月ノルマがあって大変だと言っていた。やはり、過労が原因だったようだ。

闘病しながらの奮闘

私は、同居人の広田さんとの子供を授かることができた。以前流産してしまったので、娘には安定期に入ってから話そうと決めていた。そして、戸籍の父親の欄が空白なのは可哀想だと思い、入籍した。

しかし、そのとたんに、借金の取り立てが来るようになった。大手のサラ金からと、神戸の闇金融の会社からも借金していたようで、私の留守の時に取り立てが来た。何件かは、私が直接かけ合って、利息は返さず、借りた残高のみを返済していたが、家の電話は一日中鳴る、家までおしかけてくる等、取り立てもすごかった。それで、35歳で息子を出産してから、1カ月後に離婚した。

だが、相手は家を出て行かなかった。息子の1カ月検診が終わってから、私は日帰りで乳腺炎の手術を受け、上の娘の時と同様、4月から保育園へ預け、仕事に復帰。とはいえ、息子がよく病気になるので、そんな時は保育園に連れていけない。父に預けて仕事に行っていた。そのうち、夜も水商売のバイトに行くようになる。


息子を産んでからピルを服用していた。たまたまピルがなくなったので病院へ行くと、小さな病院で、先生もご年配だったが、子宮がん検査しとこうかな？　と言った。子供を産んで生理が戻り、ピルを服用しだしてから診察していないからと。検査した結果、子宮頸がんだった。

「うちの検査だけでもなんやから。紹介状書くから、また、そこへ行って検査してもらってください」とのこと。

1週間後、紹介されたところへ行って検査を受けたら、ステージ3と言われ、すぐ入院しないと、と言われた。

離婚したのに家から出ていってくれない3度目の元旦那、広田さんは、親とは縁を切ったとか言っていたのに、ある日、広田さんの実家から連絡が入った。

その年の正月過ぎに、広田さんの義父が、自転車で転んで頭部を打ち、外傷性くも膜下出血で自宅近くの病院に搬送されたという。大至急来てほしいという内容だった。私の父の会社の電話番号までようやくたどりつき、それを聞いた職人さんが父に連絡して、事情が分かったのだ。

その時、広田さんは出張から帰る途中だったので、直接向かうという。息子は父に預け、私が運転し、横で娘が地図を見ながら誘導してくれて、広田さんとほぼ同時くらいに病院で合流した。中に入ると、ストレッチャーに載せられたままの状態だったので、あまりにもひどすぎると思い、自宅近くの病院に次の日に転院させてもらった。

広田さんの父が亡くなって、義母も骨折で入院していた。義母は毎日、義父のいる病院に通っていて、過労がたたり、あばらを骨折したのだ。それで、義父と同じ病院へ入院していた。私は半年間、週1ペースで姫路まで行っていた。だから不正出血があっても、疲れてるだけだと放っておいたのだ。がんだとは、正直思わなかった。

姫路にいる義母は良くはなっていたのだが、大家さんに「年寄りの一人暮らしは困るので……」と言われていた。お義母さんの入院先の先生も、「あなたが大阪に連れて帰ってくれるのならば、退院させてあげてもいい」とのことだった。

私は娘の夏休みまで待って、子宮全摘手術を受けた。抗がん剤治療をしながら、少しずつ仕事復帰をした。

広田さんのお義母さんも、姫路から私の家の近くに引っ越してもらった。父も透析を週

3回していて、しんどいのに引っ越しを手伝ってくれていた。

また、お義母さんには離婚したことは言わないでおこうと約束し、内緒にしていた。


しかし、水商売でバイトしていた時に知り合った山田さんから連絡があり、どうしたのかと心配になって話を聞いた。私は山田さんに同情してしまった。

お父さんの後を継いで運送会社の社長をしていたのだが、ガソリン代の高騰や、いろいろな不運が続き、嫁とも離婚し、家、土地、トラックなどを手放したという。従業員は他の運送店へ勤められるようにし、弁護士を入れ、倒産の手続きをしているところだという。本人の地元、和歌山にいられなくなって、大阪へ来ているとのこと。今はビジネスホテルにいるなどの話だった。

「でも、それはそれやし、大阪でまた、仕事見つけて働きよ〜」

と言うと、

「分かってるけど住所もないし、雇ってくれるところなんてないし、死にたいわ……」

と山田さんは泣き崩れた。

同情しているうちに男女の関係になり、

「3度目の旦那さんに出て行ってもらってほしい」

と山田さんに言われる。いくら息子のためとはいえ、もう私がいなくてもやっていけるだろうし、義母のところにでも行ってもらおうと思った。

「好きな人ができたから、この家を出て行ってほしい」

と伝えると、私が眠ってる間に私の携帯電話のメールのやりとりなどを見たようだった。

「俺は、お前と、何をされても離れへんし、今の幸せを保ちたい。たとえ離婚はしても、お前と一緒にこの家族でいたい」

と言いだす。でも、息子が生まれてからも、子供の世話などしない。私が夜の仕事に行ってる時は、娘が世話をしていた。さらに、パチンコなどギャンブルをするのは、1度目の旦那がそうだったのですごく嫌だった。子供が生まれたら変わるかと少し期待もしていたが、全然変わらない。そう指摘した。彼は「分かった」と言って出て行った。

父の最期

運送会社をしていた山田さんを家に呼んで、一緒に生活をすることとなった。だが、彼は、倒産のことや、いろいろ考えることが多かったのか、「死にたい、死にたい」とずっと言っていた。

一方、父がだんだんと弱っていくのが分かった。母の七回忌後に再婚した後妻さんにも申し訳ないと思ったので、父に入院するように促した。後妻さんには、毎日、朝から夕方まで父に付き添ってもらい、病院の方も、私がいろいろ言うからか、父には本当によくしていただいた。

父がベッドの上で亡母の十七回忌の心配をしていたので、

「お父ちゃん、安心しぃ。ちゃんと、お母ちゃんの十七回忌、無事にできたから……」

と伝えると、涙を流して、私と後妻さんの方を見つめ、うんうんとうなずくような仕草をして安堵した様子だった。ここ半年くらい、脳梗塞、パーキンソン病が進行していて、ほとんど話すことはできなかったが、話を理解することはできたのだ。

でも、その時にはもう、父が一代で築いた会社も倒産寸前だった。後継者が本業以外にも、いろいろ手広く事業をしすぎたせいだ。しかし、そんなことは父には言えない。私が後継者と何度も話をするも、らちが明かず、倒産したら、した時のことやな……と私も腹を据えていた。


ある日、下の息子を連れて父の見舞いに行った。いつもなら、帰り際に「バイバイバイ！」と父の手を握りながら息子が言うのだが、なぜかその日は、

「じいちゃん、しんどいの？　救急車呼ぶ？」

といつにない言葉を子供が言う。内心、もうお迎えが来てるのかもしれないと思い、一度家に帰り、集会所の手配や葬式のことなど、いろいろ段どりをしていた。

その夕方、次姉から電話が入って、

「お父さん、看護ステーションの前に部屋変わったん？」

と聞く。

「朝は、一番奥の大部屋やったで？」

と伝えると、「えっそうなん……」と次姉。

急いで仕事を休む連絡などして病院へ行くと、酸素吸入器を装着され、朝とは全く違う父の姿があった。他の姉妹、父の弟（叔父）に連絡した。父と仲の良かった叔父さんから聞かれた。

「人工呼吸器付けたら、兄貴は楽になるんか？」

「父ちゃんは入院前、延命治療は受けたくないと言った。葬儀も家族葬で、香典もあとが大変やから受け取るなって言われてる」

「兄貴がそう言ってるんやったら、いいやろう。いろいろ管入れたりとかされてるのも見てられへんしな……」

その旨、ドクターに伝えた。

「俺が死んだら、あの大島の着物着せてくれ」と父に言われていたので、着物を取りに戻り、会社の後継者に「父、危篤状態」と連絡すると、

「今、九州で、金を用立てに行ってる。おやじに今、死なれたら、俺、困るんや！」

と一方的な返事で、とても許せないと思った。

そんなことをしているうちに父の心電図モニター音が弱くなる……。そしてアラーム音がし、ドクターが看護師さんと走ってきて……皆に看取《みと》られ、父は亡くなった。

寒い2月の夜だった。


一度、家に帰ってきた父。泣き崩れる後妻さん。何もせず、ただ見ているだけの長姉夫婦。妹も、「私、お母さんの時も、お父さんも最期、看取ることできんかったわ……」と後悔。私は、葬儀社の方との打ち合わせでバタバタしている。

叔父夫婦が気遣ってくれて、

「お姉さんの時も、今回も、あんたにばっかり大変な思いさせて、本当ごめんやで……」

と言われた。また、そこの息子（従兄弟）2人も、

「何かあったら手伝うし、姉ちゃんには小さい頃から世話になってるから……」

と言ってくれた。上の娘が中1、息子がまだ2歳だったので、子供の方をお願いした。

次の日、通夜をしていると、大勢の社員を連れて後継者が来た。私は、あの電話の内容

のことを誰にも話していなかったため、顔を見ると同時に後継者のところへ行き、首元をつかんだ。

「お前、どの面《つら》さげておやじに会いに来たんや！　お前なんかに会社を譲ったばっかりに……」

と涙ながらに私は叫んでしまった。

「すまん、すまん。おやじに会わしてくれ」

との言い方に私はカッとなり、殴りかけた時、叔父が、

「兄貴の最期やから、何があったかは知らんけど、こらえたってくれんか……」

と言った。それで私も我に返り、父が骨になるまで我慢しようと決めたのだ。

結局、骨上げが次の日となり、4日間ほど、ほとんど眠れなかったが、初七日まで無事に終えることができた。ホッとしたのもつかの間、その翌日に、会社の税理士が来た。

「こんな時になんだけど、2度目の不渡りを出してしまったようで、事実上倒産となりますので、すぐに相続放棄の手続きを行ってください！」とのことだった。

急いで、若い頃にお世話になった弁護士さんに電話で相談すると、

「弁護士に依頼すると高くなるから、行政書司さんにお願いしてみては？」

と言われた。大阪の家庭裁判所近くに行けば何十軒とあるらしい。すぐに行政書司事務所を探し、飛び込みで依頼した。

父から見て、ばあちゃんの代から孫の代までの戸籍を集めてくださいと言われたので、叔父にも協力してもらって戸籍をかき集め、あとは行政書司の先生にお願いし、全員相続を放棄した。あらかじめ、後妻さんに父の口座のお金を何千円単位くらいまで引き出してもらっていたので、葬儀代と病院代などは支払えた。残りのわずかなお金は、10年間父の世話をしてくれたお礼として、後妻さんに手渡した。それを見ていた長姉が、「なんであの人に全額渡すんよ！　あんたどうかしてるわ！」

と言ったが、私は、

「あんたら、夫おるやんか！　夫に食わせてもらえ！　私は、そんな金はいらん」

と言い放った。そんな小さなお金で揉めるのが面倒だった。

彼の死

父の満中陰（四十九日）も無事に終え、私は自分で小さな店を持つことになった。昼間は在宅ヘルパーで、夜は小さなスナックのママとなったのだ。

私が10代の頃、父が私に喫茶店をさせようとしていた。でも私は、若いし、まして親のお金で店を持ってもな～と思っていたので、父には、その時期は自分で決めると宣言していた。そのことがあって、父が亡くなってからではあったが、夢のために貯蓄していた資金で店を持ち、二足の草鞋《わらじ》を履くことになった。

山田さんは睡眠薬とアルコールを飲む日々。私の帰りを家で待ってなかったので、いつも居場所を探していた。電話すると、すでに呂律が回ってない状態だ。耳を澄ませて音を聞き分け、彼の居場所が分かって、見つけるという繰り返し。

その夜も、居場所をやっと見つけると、川の土手の近くだった。

「また、睡眠薬全部飲んだんやろ？」

「俺、死にたいから……」

「まだ42歳やし、プライド捨ててトラック乗りよ〜。親より先に死ぬのは親不孝やで、あかんで。睡眠薬とアルコール何杯、何個服用しても死なれへんよ！」

するど、急に私に包丁を向け、

「一緒に死んでくれ！　俺がお前を殺して、あとで追っかけ自殺する！」

と言った。

「私には守らないといけない子供がおる！　殺されてたまるか！」

と言い返すと、彼は川の土手の下へ落ちてしまった。

すぐに110番、119番に電話し、来てもらうが、土手の急坂のため、担架では無理とのことで、レスキュー隊まで来て助け出し、病院へ搬送された。包丁は我が家の物だったが、彼が私を刺そうとして私が包丁を払いのけた際に彼の腕や顔に少しかすったようなので、警察に処分してもらった。

結局、彼は手術を受けたが、左腕も真っすぐ伸ばすことができなくなり、左足も引きずる歩き方になってしまい、もうトラックは運転できない体になった。それで、生活保護の申請をし、受けられることになった。

不動産会社に勤めている私の友達に部屋を見つけてもらった。家賃が払えなくて夜逃げした人のテレビや冷蔵庫、テーブルなどをもらい、役場から布団など必要な物をそろえてもらった。

1週間後、彼は、てっきりドライバーのバイトに行っていると思っていた。休日前夜の私が友達のバーに寄り道をしていると、彼からメールがあった。

〈今まで、こんな俺を見捨てずにいてくれてありがとう。お前には、本当迷惑かけた。ごめん！　また、お前といた期間は短かったけどすごく楽しかったし、お前は俺にとって最後の女で、最高の女だった……〉

気になって電話すると、

「仕事終わったんか？　お疲れさま」などと言う。話していくうちに、「もう、俺、しんどいよ、おやすみ……」

と一方的に電話を切られた。あまりにも様子がおかしいと思ったので、彼の弟に連絡した。弟は和歌山の、彼の元の家の近くに住んでいた。

「もし、なにわナンバーの軽の白の車を見かけたら連絡ちょうだいな」

と言って電話を切った。

翌朝早く、弟さんから電話があった。和歌山の生まれ育った家の駐車場で、車の排気ガスを吸って死んでいる兄の姿を見つけ、警察に連絡したとのことだった。

その次の日の夜、和歌山の警察から連絡が入り、車の名義が私だから車を取りに来るように言われた。また、彼のお母さんからも連絡が入り、彼の一番気に入っているスーツとシャツ、靴を持ってきてほしいとのこと。

当時の親友が心配して一緒についてきてくれ、お母さんにスーツなどを手渡した。お母さんに、

「あなたのおかげで、あの子は助けられた。本当だったら、倒産したら、すぐにあの子は自殺してたと思う。最後に一目、顔を見てやってほしい」

と言われた。

彼の棺に近づいた。彼の顔を見ていたら、怒りやいろいろな感情が湧き出て、泣きながら棺を素手で殴っていた。心配した親友があまりにも長いからと止めてくれ、私の拳を見

て言った。

「そんな血だらけになるまで殴っても戻ってこないよ。いつも気丈やのに、あんたらしくないで！」

8月のとても暑い夜だった。

店は1日だけ休み、昼も同じく1日休んだ。でも、仕事していると、その間だけでも忘れることができるから、昼も夜も仕事に明け暮れた。

私はその時にこう思った。

神様は、この人だったら、どんな試練でも乗り切れるであろうと、あえて試練を与える。

また、演歌の歌詞にもあるが、

「この世で起こったこと　この世で納まらん筈がない　山より大きい獅子は出ぇへん　気を大きい持ちいなアー……」

その通りだって思ったし、人は天命をやり切れなければ、いくら病気しようが何があろうが、そう簡単には死なせてはくれないんだよね……と。同じ年に、父と山田さんを失い、その時は正直、なんで私だけ？　って思わずにはいられなかった。

4度目の結婚、離婚

そして1年後、4度目の旦那さんと出会った。9歳年上の48歳で、容姿はタイプではないが優しい人で、独身で結婚歴なしだった。

真面目でおとなしい人だったが、アプローチはすごかった。

先に子供を手なずけ、一戸建ての家を私と子供のために購入してくれた。父の会社のことや、いろいろあったので、正直、大阪市内から出たかった。幸いにも泉州の人だったので、その夢は叶った。4度目の結婚をしたのはいいが、彼の周りにいる人たちに私はなじめず、また、彼は誰に対しても優しすぎて利用されていた。　私は市内の店を閉めてきたので、もう一度、自分の居場所をつくるべく、借金してカラオケバーのオーナーとなった。同時に、ヘルパーの仕事もしていた。第二の二足の草鞋。

泉州の方でも駅前に店を持ち、スタッフも雇ったが、半年くらいで辞めてもらい、私一人で店を切り盛りした。お客さんにも恵まれ、常連客もついて、かなり繁盛した。

家には、風呂とご飯と寝に帰る日々を送っていた。もちろん、家事と子育ても、しっかりとこなした。夕食は子供達と一緒に食べるように時間を作った。


結婚して1年が経った正月に、旦那の親類が亡くなって、通夜へ旦那と2人でお悔やみに行った。その1週間後から、毎日のように家の電話が鳴りだしたのだ。何だろうと思ったら、正月に姑を亡くした、旦那からいうと伯母に当たる人だった。

「毎日毎日、何ですか？　彼は仕事で日中いませんよ。何かご用ですか？」

と聞くと、伯母の姑は夫が戦死したため、国からお金をたくさんもらっていたようだが、亡くなったので、そのお金が入ってこなくなり困っているようだった。相手は一方的に、

「あの子（私の4人目の夫）の親が死んだ時、香典10万も渡したんやから、10万よこせ！」

と、あまりにもしつこかった。

だから、旦那の留守中に10万円分の札を握りしめ、相手宅へ行った。すると私と同じ年くらいの息子がいた。様子がおかしい。ひと目でシンナー中毒とわかった。私も腹が立っ

ていたので、啖呵を切った。

「お前んとこのバカ息子に仕事させろや。10万10万って毎日電話してきて、頭おかしいんちゃう？　この10万返したから、もう、うちには関わってこないで！」


落ち着いたかと思っていると、次は、旦那の弟の娘が結婚式を挙げるので出席してくださいと、若いカップルが家に招待状を持ってきた。返事をしたが、私と旦那だけで、小1の息子の招待がなかった。

「子供1人連れていってもいいのに、なぜ？　あなたは長男で、うちの息子が家の後を継ぐんだよ。なのに子供に留守番って、ないわ！」と激怒した。

上の娘が招待から外されたなら何も思わないけど、息子だからだ。あまりにも不快な気持ちで、息子を店の常連さん宅に預けて出席するが、私はずっと下を向いて無視を貫いた。会場に行くと、弟の嫁の方の子供がたくさんで来ていたからだった。すごく、我が子が不憫に思えてやり切れず、また、何も言ってくれない旦那にも愛想を尽かした。府営住宅を申し込んで当たったので、子供2人を連れて家を出た。4度目の離婚となる。

団地で生活していると、4度目の旦那は申し訳なく思ったのか、週末のたびにやってくる。下の子をゲームセンターやボウリング場などに連れていき、子供が喜ぶようなことをしてあげていたようだった。

そして、私も店を閉め、介護職だけで生計を立てていたが、店のお客さんだった和田さんとお付き合いしだした。また転がり込まれ、その人は同居人となった。しかし、娘が、

「この人うざい！」

と言って家を出てしまった。娘はそのまま市内の妹宅にお世話になることになった。

ある日娘から、妹が同居していた人と別れ話になり、自傷行為をするようになったと連絡があった。

そこで、私は市内のマンションへ引っ越し、妹と姪と私と子供2人、そして和田さんの6人で暮らすことにした。彼もまた仕事をしていない人だったので、家事などを全てしてもらい、私はせっせと仕事をし、5人を食べさせていた。

しかし、和田さんがあまりにも仕事をしないので、

「船の免許があるなら、地方でも行って仕事してくれない？」と言ってみた。「離れて暮らすのは嫌だ」と言われたが、彼の電話代だけでも月5、6万かかっていたので、そのことを理由にし、地方へ単身で行ってもらった。

妹も自立し、家族が落ち着いた頃だった。昔、熊本の田舎まで行った田中さんから突然の電話があった。

弟の子の結婚式で名古屋へ行くから、名古屋まで来てほしい、会いたいとのこと。

その日、30年ぶりに初恋の彼と再会し、食事をした。カラオケへ行き、名古屋で1泊した。その時に、「もう二度と離さない。一からやり直してほしい。俺、ずっと年賀状送ってたけど、ずっと返事くれてうれしかった。もうお互い、いい大人になったし、今度こそ幸せにしたい……」と息ができなくなるほど抱きしめられたのだった。

「じゃあね」とだけ言って、私は大阪へ帰った。そしてまた、遠距離恋愛が始まった。地方へ行った和田さんともきっぱり別れたのはいいが、当時勤めていた会社の新入社員の男性にストーカー行為をされて困っていた。和田さんもストーカーとなり、私たちは転居をしたが、それも効果がない。職場や家を変えても追いかけてくるため、熊本の彼に相談した。

熊本の田中さんの母親が倒れ、息子と2人で不安な彼を支えるため、また、私たち親子の現在の状況を変えるため、彼の田舎の方へ引っ越したはいいが、相談した時に聞いた話と現実があまりにも違うことがわかり、すぐに別れることになった。その頃、娘が准看護師の学校へ行くと言い出し、熊本の学校の試験に受かった。そのため、私たちは彼の家を出た後も、そのまま熊本に住み続けた。

娘は、2年間休むことなく、学校と仕事を両立し、准看の資格を取得した。当時、私も近くの病院へ勤めていたが、いじめに遭い、半年後に介護老人保健施設へ異動願を出した。それが認められ、異動後はめきめきと腕を上げた。仕事で皆を見返したいという気持ちがあったのだ。そのため、認められることが多くなり、いい仲間にも恵まれた。

娘が准看護師試験に合格し、熊本では仕事が限られるので大阪に帰りたいと言い出した。ちょうど泉州の元旦那が帰って来てほしいとの事で、3月末に帰阪した。

同じ頃、大阪にいる最初の夫の父親が肺がんで他界した。娘にとっては実の祖父である。娘はじいちゃんが大好きだった。「ナース姿、見せてあげたかったね」と娘に言うと、「うん……」と言っていた。

最期のお別れに一緒に行き、「お疲れさまでした」と伝えて合掌した。じいちゃんの傍でしばらく手をさすったりしている娘。その姿を見ながら、私はつぶやいた。

「じいちゃん、娘の節目節目で、ばあちゃんと一緒にいろいろ祝ってくれたこと、感謝します。ありがとうございました。天国で、おばあちゃんと仲良くね……」

母子とも涙して別れを惜しんだ。

私も若い頃、親とよくぶつかり、ケンカしていたが、私の娘は父親の存在を知らないまま大人になった。じいちゃん、ばあちゃんだけとはつながっていた。だが、もう二人ともいない。娘にとっては大きな別れだった。

一方、息子の進路については、中学校の担任と何度も話をした。塾を休んでゲームセンターへ行き、リズムゲームに熱中していたのだ。軽度の知的障害があるうえに成績も下がるばかりで、かなり心配した。しかし、3学期の実力テストで40点も成績が上がり、担任の先生や校長、進路指導の先生方のおかげで高校に合格した。

高校は山の上の方にあり、毎日頑張って登校している。学校に着くまで300段の階段があり、校舎に入ってまた、5階まで上がらないといけないのだ。

小学生の頃は転校ばかりしていたこともあり、いじめられたりしていたが、高校に入ってからはいじめられることなく、イジられるキャラで、最近ではアルバイトにも行くようになった。

そして現在

私も大阪に帰ってきて、人間関係などがなかなかうまくいかず職場を転々としたが、なんとか今の職場で、夜勤専従で仕事をするようになった。やっと落ち着きつつあるこの頃。

人生山あり谷あり、と言うが、本当にそうだと思う。

人との出会い、別れ、一期一会を大切にしたい。また、「捨てる神あれば、拾う神あり」

だ。だからこそ、日々の何気ない一瞬でも大切な時間だと思う。

熊本の彼は、愛してはくれたが、やはり愛情だけでは暮らせない現実。もう若くない。もう、この年だから、他人に気を遣って日々を送るよりも、子供と私と4人目の元旦那さんとの生活を守りたい。平凡すぎるくらいの生活だが、どんな私でも待っていてくれ、受け入れ、子供たちとも仲良くしてくれる元旦那さんに、今は感謝しかない（一度は愛想を尽かした相手だけれど……）。

今まで、決して何一つウソがなく、生きてきたと私は胸を張って言える。自分の気持ちにウソはつけない。自分らしい生き方をしてきただけだ。だからこそ傷つき、裏切られたり、利用されたりしたが、「それも私なんだ」と受け止めている。

人生百歳時代となり、元号も昭和、平成、令和と変わったが、子供がいたからこそ強くもなり、ここまで頑張ってこれた。

あらためて思う。人生って本当に素敵ですネ！

自分のことを愛し、信じ、行動する。有言実行を貫いた私の50年だった。

あとがき

娘が「エンディングノートを残して」と言ったことがきっかけで、私という人間の波乱万丈の人生を書くことになりました。本当に、人には言えない悲しみや苦しみ、天国と地獄を経験し、今に至るまで様々なことがありました。人に傷つけられたこともありました。利用されたこともありました。

今は、一人で悩んでいたら、話を聞いてくれるコールセンターの利用などができる時代ですが、私は、いつも一人で悩んで、もがいてきました。自己嫌悪になることもしばしばありました。書いていくにつれ、当時の記憶がよみがえり、泣きながら執筆したこともありました。

しかし、今こうしていられるのは、たくさんの人のおかげです。出会い、私を知って仲良くなった一人一人に感謝します。また、私の歩んだ50年を読んでいただいて、共感していただけるところがあればうれしく思います。

たった一度の人生です。

時には立ち止まって、自分を振り返ったりする時間も必要だと、私は思います。

皆様も、どうか、人生の忘れ物を取り戻したりして、後悔のない人生を歩んでいただけますように。

この本を読んで、少しでも何かのお役に立てれば、そして、勇気や希望を持つことにつながれば、本当にうれしく思います。

著者プロフィール

彩和（さいわ）

1969年、大阪府生まれ。大阪府在住。

笑った泣いた50年 私の人生、波乱万丈

2020年２月15日　初版第１刷発行

著　者　彩和
発行者　瓜谷 綱延
発行所　株式会社文芸社
〒160-0022　東京都新宿区新宿1－10－1
電話　03-5369-3060（代表）
03-5369-2299（販売）

印刷所　株式会社フクイン

ISBN978-4-286-21240-1　JASRAC（出）1912000－901